Eugen Roth
für Lebenkünstler

Heitere Verse mit Bildern
von Hans Traxler

Carl Hanser Verlag

3 4 5 99 98 97

ISBN 3-446-17873-2

Satz: Otto Gutfreund, Darmstadt
Druck und Bindung:
Mohndruck Graphische Betriebe GmbH, Gütersloh
Printed in Germany

Eugen Roth

Eugen Roth
für Lebenskünstler

Der Lebenskünstler

Ein Mensch, am Ende seiner Kraft,
Hat sich noch einmal aufgerafft.
Statt sich im Schmerze zu vergeuden,
Beschließt er, selbst sich zu befreuden
Und tut dies nun durch die Erdichtung
Von äußerst peinlicher Verpflichtung.
So ist ihm Reden eine Qual.
Sitzt er nun wo als Gast im Saal,
Befiehlt er streng sich in den Wahn,
Er käm jetzt gleich als Redner dran,
Macht selber Angst sich bis zum Schwitzen –
Und bleibt dann glücklich lächelnd sitzen.
Dann wieder bildet er sich ein,
Mit einem Weib vermählt zu sein,
Das trotz erbostem Scheidungsrütteln
Auf keine Weise abzuschütteln.
Wenn er die Wut, daß sie sich weigert,
Bis knapp zum Mord hinaufgesteigert,
So lacht er über seine List
Und freut sich, daß er ledig ist.
Der Mensch, ein bißchen eigenwillig,
Schafft so sich Wonnen, gut und billig.

Mitmenschen

Ein Mensch schaut in der Straßenbahn
Der Reihe nach die Leute an:
Jäh ist er zum Verzicht bereit
Auf jede Art Unsterblichkeit.

Beinahe

Ein Mensch ist höchst darob erbost:
Beinahe – ist's nicht Hohn, statt Trost? –
Hätt er fürs Lotto recht gewählt.
Nur *eine* Ziffer war verfehlt.
Wüst klagt der Mensch das Schicksal an,
Das diesen Tort ihm angetan.
Dem Menschen, der geschimpft so dreist,
Erscheint das Schicksal, nachts, als Geist:
»Soll ich mich von Dir schelten lassen?
Willst ›beinah‹ Du nicht gelten lassen?
Dein Glück, Dein Leben wär verspielt,
Hätt ich genau auf Dich gezielt.«
Seitdem trägt's still der Mensch im Leben,
Geht einmal haarscharf was – daneben.

Mitmenschen

Seelische Gesundheit

Ein Mensch frißt viel in sich hinein:
Mißachtung, Ärger, Liebespein.
Und jeder fragt mit stillem Graus:
Was kommt da wohl einmal heraus?
Doch sieh! Nur Güte und Erbauung.
Der Mensch hat prächtige Verdauung.

Briefe, die ihn nicht erreichten …

Ein Mensch denkt oft mit stiller Liebe
An Briefe, die er gerne schriebe.
Zum Beispiel: »Herr! Sofern Sie glauben,
Sie dürften alles sich erlauben,
So teil ich Ihnen hierdurch mit,
Daß der bewußte Eselstritt
Vollständig an mir abgeprallt –
Das weitere sagt mein Rechtsanwalt!
Und wissen Sie, was Sie mich können? …«
Wie herzlich wir dem Menschen gönnen,
An dem, was nie wir schreiben dürfen,
Herumzubasteln in Entwürfen.
Es macht den Zornigen sanft und kühl
Und schärft das deutsche Sprachgefühl.

Der Bummelzug

Ein Mensch, wie aus dem Ei gepellt –
Man sieht sofort, ein Mann von Welt –,
Steht nun, seit fünf Minuten schon,
Auf einer kleinen Station,
Und denkt, voll Zorn bis in die Nas':
»Ha! Nur in Bayern gibt's so was!«
Jetzt endlich streckt, auf sein Geklopf,
Der Mann zum Schalter raus den Kopf.
»'s pressiert net!« sagt er zu dem Herrn.
»Der Zug? Nach sechse kommt er gern.«
Und rät ihm, menschlich, voll Vertrauen,
Derweil die Gegend anzuschauen.
Der Mensch, zur Wut selbst zu verdutzt,
Hat unversehns den Rat genutzt
Und sieht, als wär's zum erstenmal,
Im Abendglühen Berg und Tal;
Er sagt, vergessend seine Eile
Zum schönen Augenblick: »Verweile!«
Und schaut sogar der braven Kuh
Voll Andacht bei verschiednem zu …
Von fern Geschnauf und Ratter-Ton –
Der Mensch denkt ganz verzaubert: »Schon?«
Und nimmt kaum wahr, geschweige übel,
Die Trödelei der Millikübel.
Ein letzter Blick – ein Pfiff – und munter
Geht's weiter, wald- und nachthinunter.
Der Mensch, gezwungen so zum Feiern,
Träumt oft noch von dem Tag in Bayern.

Der Pfründner

Ein Mensch hat draußen nicht viel Glück.
Er zieht sich in sich selbst zurück;
Zu keinem Aufwand mehr verpflichtet,
Doch seelisch sehr gut eingerichtet,
Führt er seitdem behaglich dort
Ein Innenleben mit Komfort.

Der Weise

Ein Mensch, den wüst ein Unmensch quälte,
Der lang und breit ihm was erzählte,
Und der drauf, zu erfahren, zielte,
Was er, der Mensch, wohl davon hielte,
Sprach, kratzend sich am Unterkiefer:
»Ich glaub, die Dinge liegen tiefer!«
Gestürzt in einen Streit, verworrn,
Der, nutzlos, anhub stets von vorn,
Bat er, sich räuspernd, zu erwägen,
Ob nicht die Dinge tiefer lägen.
Ja, selbst den Redner auf der Bühne
Trieb, zwischenrufend, dieser Kühne
Vor seines Geistes scharfe Klinge:
»Es liegen tiefer wohl die Dinge!«
Der Mensch hat, ohne je den Leuten
Die Tiefen auch nur anzudeuten,
Es nur durch dieses Wortes Macht
Zum Ruhm des Weisen längst gebracht.

Entbehrliche Neuigkeiten

Ein Mensch, der Zeitung liest, erfährt:
»Die Lage völlig ungeklärt.«
Weil dies seit Adam so gewesen,
Wozu denn da noch Zeitung lesen?

Platzwahl

Ein Mensch, am Zuge vor der Zeit,
Trifft leere Wagen weit und breit.
Er setzt sich hier, er setzt sich dort
Und geht dann zögernd wieder fort.
Bald ist ihm dies, bald das nicht recht:
Der beste Platz ist ihm zu schlecht.
Nachdem er alles scharf beäugt,
Ist er nun gramvoll überzeugt –
Und auf der ganzen Fahrt gequält –,
Er habe doch nicht gut gewählt.
Ein andrer Mensch kommt spät, verhetzt:
Der Zug ist übervoll besetzt.
Doch sieh: ein Plätzchen ist noch frei!
Der Mensch tut einen Jubelschrei
Und zwängt, durchströmt von solchem Glücke,
Sich kurzentschlossen in die Lücke.
Er freut sich auf der ganzen Fahrt,
Daß Gott sie für ihn aufgespart.

Gründliche Einsicht

Ein Mensch sah jedesmal noch klar:
Nichts ist geblieben so, wie's war. –
Woraus er ziemlich leicht ermißt:
Es bleibt auch nichts so, wie's grad ist.
Ja, heut schon denkt er, unbeirrt:
Nichts wird so bleiben, wie's sein wird.

Das Sprungbrett

Ein Mensch, den es nach Ruhm gelüstet,
Besteigt, mit großem Mut gerüstet,
Ein Sprungbrett – und man denkt, er liefe
Nun vor und spränge in die Tiefe,
Mit Doppelsalto und dergleichen
Der Menge Beifall zu erreichen.
Doch läßt er, angestaunt von vielen,
Zuerst einmal die Muskeln spielen,
Um dann erhaben vorzutreten,
Als gält's, die Sonne anzubeten.
Ergriffen schweigt das Publikum –
Doch er dreht sich gelassen um
Und steigt, fast möcht man sagen, heiter
Und vollbefriedigt von der Leiter.
Denn, wenn auch scheinbar nur entschlossen,
Hat er doch sehr viel Ruhm genossen,
Genau genommen schon den meisten –
Was soll er da erst noch was leisten?

Der Gast

Ein Mensch, der frömmste auf der Welt,
Hat sich im Gasthaus was bestellt
Und sitzt nun da, ganz guter Dinge,
Gewärtig, daß man es ihm bringe.
Er schaut in stiller Seelenruh
Der Emsigkeit des Kellners zu,
Des wackern Mannes, des verlässigen,
Der furchtlos bändigt die Gefräßigen.
Doch bald, von leichtem Zorn gerötet,
Der Mensch ein leises »Bitte« flötet,
Das leider ungehört verhallt,
Weshalb mit höherer Stimmgewalt
Und auch im Tone etwas grober
Der Mensch vernehmlich schreit: »Herr Ober!«
Auch dieser Ruf bleibt unerfüllt,
So daß der Mensch jetzt »Kellner!« brüllt.
Der Kellner, den dies Wort wie Gift
Ins Herz der Ober-Ehre trifft,
Tut, was ein standsbewußter Mann
Nur tun in solchen Fällen kann:
Er überhört es mild und heiter
Und schert sich um den Gast nicht weiter.
Der Mensch, gereizt zwar, aber feige,
Hält für geraten, daß er schweige.
Das Essen kommt, der Mensch vergißt.
Sagt höflich: »Danke sehr!« – und ißt.

Unterschied

Ein Mensch fand wo ein heißes Eisen
Und, um das Sprichwort zu erweisen,
Ließ er sich durchaus nicht verführen,
Das heiße Eisen anzurühren.
Ein andrer Mensch, auch sprichwortkundig,
Nahm die Gelegenheit für pfundig,
Zum Hammer griff er und zur Zange
Und schmiedete drauf los, so lange
Das Eisen warm war – und grad diesen
Hat man, als Glücksschmied, hochgepriesen.
Der Wahrheit drum sich jeder beuge:
's hängt alles ab vom Handwerkszeuge!

Ein Ausweg

Ein Mensch, der spürt, wenn auch verschwommen,
Er müßte sich, genau genommen,
Im Grunde seines Herzens schämen,
Zieht vor, es nicht genau zu nehmen.

Unterschied

Richtig und falsch

Ein Mensch trifft einen in der Stadt,
Der, ihn zu treffen, Freude hat
Und ihm zum Gruße unbekümmert
Die linke Schulter halb zertrümmert.
»Na, herrlich!« ruft er, »alter Knabe,
Gut, daß ich dich getroffen habe.
Ich wette, du läßt dich nicht lumpen,
Mir eine Kleinigkeit zu pumpen,
Fünf Mark bis morgen oder zehn.
Recht vielen Dank, auf Wiedersehn!«
Der Mensch ist noch im ungewissen,
Wieso man ihm zehn Mark entrissen,
Als schon ein zweiter ihm begegnet,
Der diesen Zufall grad so segnet.
Mit Seufzen hebt er an die Klage
Von der zur Zeit sehr schlimmen Lage,
Und zwar a) von der allgemeinen,
b) insbesondere von der seinen.
Der Mensch, indes der andere stammelt,
Sich still die Abwehrkräfte sammelt
Zur Rede, welche mild gedämpft
Des andern Absicht niederkämpft.
Moral: Von Wert ist nur der rasche
Zugriff auf deines Nächsten Tasche.

Billige Reise

Ein Mensch holt sich für die bezweckte
Fahrt in die Ferien viel Prospekte,
Die, was verdächtig, unentgeltlich
In reichster Auswahl sind erhältlich
Und die in Worten wie in Bildern
Den Reiz jedweder Gegend schildern.
Begeisternd sind die Pensionen,
In denen nette Menschen wohnen.
Ganz herrlich sind die Alpentäler,
Wo preiswert Bett und Mittagsmähler.
Doch würdig reifer Überlegung
Ist auch am Meere die Verpflegung.
Es fragt sich nur, ob Ost-, ob Nord-?
Und schließlich, wie wär es an Bord?
Nicht zu verachten bei den Schiffen
Der Lockruf: »Alles inbegriffen!«
Der Mensch, an sich nicht leicht entschlossen,
Hat lesend schon genug genossen
Und bleibt, von tausend Bildern satt,
Vergnügt in seiner Heimatstadt.

Grenzfall

Ein Mensch war eigentlich ganz klug
Und schließlich doch nur klug genug,
Um einzusehen, schmerzlich klar,
Wie blöd er doch im Grunde war.
Unselig zwischen beiden Welten,
Wo Weisheit und wo Klugheit gelten,
Ließ seine Klugheit er verkümmern
Und zählt nun glücklich zu den Dümmern.

Eugen Roth

für Moralisten

Zweifel

Ein Mensch ist fest dazu entschlossen:
Das gute Kräutchen wird begossen,
Das schlechte Unkraut ausgerottet. –
Doch ach, des Lebens Wachstum spottet,
Und oft fällt's schwer, sich zu entschließen:
Soll man nun rotten oder gießen?

Vorsicht!

Ein Mensch wähnt, in der fremden Stadt,
Wo er Bekannte gar nicht hat,
In einem Viertel, weltverloren,
Dürft ungestraft er Nase bohren,
Weil hier, so denkt er voller List,
Er ja nicht der ist, der er ist.
Zwar, er entsinnt sich noch entfernt
Des Spruchs, den er als Kind gelernt:
»Ein Auge ist, das alles sieht,
Auch was in finstrer Nacht geschieht!«
Doch hält er dies für eine Phrase
Und bohrt trotzdem in seiner Nase.
Da ruft's – er möcht versinken schier –
»Herr Doktor, was tun Sie denn hier?«
Der Mensch muß, obendrein als Schwein,
Der, der er ist, nun wirklich sein.
Moral: Zum Auge Gottes kann
Auf Erden werden jedermann.

Reue

Ein Mensch in Reuequalen schrie:
»Oh hätt ich nie, oh hätt ich nie!«
Dann wieder, und gar wilder noch:
»Oh hätt ich doch, oh hätt ich doch!«
Zu spät! Doch oft wie Scherben passen
Zusammen falsches Tun und Lassen!

Für Moralisten

Ein Mensch hat eines Tags bedacht,
Was er im Leben falsch gemacht,
Und fleht, genarrt von Selbstvorwürfen,
Gutmachen wieder es zu dürfen.
Die Fee, die zur Verfügung steht,
Wenn sich's, wie hier, um Märchen dreht,
Erlaubt ihm dann auch augenblicks
Die Richtigstellung des Geschicks.
Der Mensch besorgt dies äußerst gründlich,
Merzt alles aus, was dumm und sündlich.
Doch spürt er, daß der saubern Seele
Ihr innerlichstes Wesen fehle,
Und scheußlich geht's ihm auf die Nerven:
Er hat sich nichts mehr vorzuwerfen,
Und niemals wird er wieder jung
Im Schatten der Erinnerung.
Dummheiten, fühlt er, gibt's auf Erden
Nur zu dem Zweck, gemacht zu werden.

Warnung

Ein Mensch, verführt von blindem Zorn,
Bläst in das nächste beste Horn.
Nun merkt er, nach dem ersten Rasen,
Daß er ins falsche Horn geblasen.
Zu spät! Der unerwünschte Ton
Ist laut in alle Welt entflohn.
Wenn schon Moral, dann wär es diese:
Daß man am besten gar nicht bliese!

Gutmütigkeit

Wir nennen einen Menschen gut,
Der, was wir von ihm möchten, tut
Und drum – erbost zwar oft im stillen –
Verzichtet auf den eignen Willen.
Es sind gerade die Gefälligen,
Die wir mit jedem Dreck behelligen.
Sie werden, weich und ungeschützt,
Von jedem schamlos ausgenutzt.
Sie wähnen sich geheilt für immer
Oft nach Erfahrung, allzu schlimmer;
Ja, sie bekennen selber frei,
Daß ihre Dummheit sträflich sei.
Und doch: sehn sie auch alles klar, –
Gutmütigkeit ist unheilbar!

Vergebliches Heldentum

Ein Mensch, sonst von bescheidnem Glücke,
Merkt plötzlich, daß mit aller Tücke
Aushungern ihn das Schicksal will:
Es wird um ihn ganz seltsam still,
Die kleinsten Dinge gehn ihm schief,
Die Post bringt nie mehr einen Brief,
Es schweigt sogar das Telefon,
Die Freunde machen sich davon,
Die Frauen lassen ihn allein,
Der Steuerbote stellt sich ein,
Ein alter Stockzahn, der links oben,
Fängt unvermutet an zu toben,
Ein Holzschnitt, für viel Geld erworben,
Ist, wie er jetzt erst merkt, verdorben
Und auch kein echter Toyokuni:
Es regnet, hagelt, schneit im Juni,
Die Zeitung meldet schlimme Sachen,
Kurzum – der Mensch hat nichts zu lachen.
Er lacht auch nicht. Jedoch er stellt
Dem tückischen Schicksal sich als Held:
Auf Freund und Frau verzichtet er,
Das Telefon vernichtet er,
Umgehend zahlt er seine Steuer,
Den Holzschnitt wirft er in das Feuer
Und reißen läßt er sich den Zahn:
Was menschenmöglich, ist getan.
Und trotzdem geht es schlimm hinaus:
Das Schicksal hält es länger aus.

Falsche Erziehung

Ein Mensch lernt in der Kinderzeit,
Des Lasters Straßen seien breit,
Jedoch der Tugend Pfade schmal
In diesem irdischen Jammertal.
Der Mensch, bei seinem Erdenwandern,
Geht einen Holzweg nach dem andern,
Weil er auf Straßen, breit gebaut,
Sich einfach nicht mehr gehen traut.

Der Tugendbold

Ein Mensch, und zwar von frommer Sitte,
Ging durch die Stadt in Sommermitte,
Wo, daß sie nicht durch Hitze leide,
Die Welt sich bot im leichten Kleide.
Ein Weib auch hatte wohlgehüftet,
In solcher Weise sich gelüftet,
So daß es, wirklich schöngeschenkelt,
Doch von Moral nicht angekränkelt
Zwar bunt, doch ziemlich ohne was,
Aufreizend auf dem Rade saß.
Der Mensch, der seine Augen stielte,
Wild nach des Weibes Blößen schielte –
Doch dann zum Himmel er sie hob –
Die Augen – sich zum Tugendlob:
Das Weib vermocht' dem keuschen Knaben
Anhabend nichts, nichts anzuhaben.

Gut gedrillt

Ein Mensch steht stumm, voll schlechter Laune,
An einem hohen Gartenzaune
Und müht sich mit gestreckten Zehen,
In dieses Paradies zu sehen
Und schließt aus dem erspähten Stück:
Hier wohnt der Reichtum, wohnt das Glück.
Der Sommer braust im hohen Laub,
Der Mensch schleicht durch den Straßenstaub
Und denkt, indes er sich entfernt,
Was in der Schule er gelernt:
Daß bloßer Reichtum nicht genügt,
Indem daß oft der Schein betrügt.
Der Mensch ist plötzlich so bewegt,
Daß Mitleid heiß sich in ihm regt
Mit all den armen reichen Leuten –
Er weiß es selber kaum zu deuten.
Doch wir bewundern wieder mal
Dies Glanzdressurstück der Moral.

ARMUT IST EIN
STILLER GLANZ
VON INNEN!

Himmlische Entscheidung

Ein Mensch, sonst harmlos im Gemüte,
Verzweifelt wild an Gottes Güte,
Ja, schimpft auf ihn ganz unverhohlen:
Ein Unmensch hat sein Rad gestohlen!
Der Unmensch aber, auf dem Rade,
Preist laut des lieben Gottes Gnade –
Und auch sich selbst, der, so begabt,
Ein Schwein zwar, solch ein Schwein gehabt. –
Wem steht der liebe Gott nun näher?
Dem unverschämten, schnöden Schmäher,
Dem dankerfüllten, braven Diebe?
Es reicht für *beide* seine Liebe,
Die, wie wir wissen, ganz unendlich,
Auch wenn sie uns oft schwer verständlich:
Der Unmensch, seelisch hochgestimmt,
Durch Sturz ein jähes Ende nimmt,
Was zweifellos für ihn ein Glücksfall:
Fünf Jahre gäb's sonst, wegen Rückfall!
Und auch der Mensch hat wirklich Glück:
Er kriegt sein schönes Rad zurück,
Nach Abzug freilich fürs Gefluch:
Zwei Achter und ein Gabelbruch.

Der Erfolgreiche

Ein Mensch – ein Unmensch mehr, vielleicht,
Hat wirklich allerhand erreicht.
Die Welt nimmt's hin und sie fragt nie,
Wie er es wohl erreicht hat, *wie!?*

Zeit heilt ...

Ein Mensch, der stark schon in Gefahr,
Daß er ein Unmensch würde, war,
Hat sich mit knapper Not gerettet
Und bis ins Alter durchgefrettet.
Hinunter ist die Zeit geflossen –
Mit ihr die Zeit- und Streitgenossen,
Die damals, liegend auf der Lauer,
Das Üble wußten, viel genauer.
Jetzt steht, die Haare silberweiß,
Der Mensch als edler, hoher Greis
Inmitten all der jüngern Leute,
Die gelten lassen nur das Heute
Und nichts mehr wissen von dem Lästern
Von gestern, ja von vorvorgestern.
Ein Wicht selbst wird zum Ehrenmann –
Sofern er's nur erleben kann.

Voreilig

Ein Mensch in seinem ersten Zorn
Wirft leicht die Flinte in das Korn,
Und wenn ihm dann der Zorn verfliegt,
Die Flinte wo im Korne liegt.
Der Mensch bedarf dann mancher Finte,
Zu kriegen eine neue Flinte.

Späte Einsicht

Ein Mensch macht sich, doch leider bloß
An seinem Stammtisch, damit groß,
Es gelt – wovon ja viele träumen!
Den Saustall endlich auszuräumen.
Er gibt – nur dort! – geheime Winke,
Wie's überall zum Himmel stinke
Von Säuen, die an vollen Trögen
Verfräßen unser Volksvermögen.
Man müßt was tun – nur ist es schade,
Daß dummerweise *ihn* gerade,
Als einen Mann mit Weib und Kindern,
Rücksichten überall verhindern.
Der Mensch – was nützt verborgnes Lästern? –
Zählt auch mit zu den Schweinemästern!

Überlegung

Ein Mensch, der kindlich, ohne Spott,
Gefürchtet sich vorm lieben Gott,
Weil dessen Auge, Tag und Nacht,
Ihn unerbittlich streng bewacht: –
Jetzt, als Erwachsner, sich gesteht:
Der liebe Gott ist indiskret!

Der Heimtücker

Ein Mensch benahm sich durchaus fein;
Denn nie warf er den ersten Stein. –
Daß vorschnell er als Feind sich zeige,
War er zu klug und auch zu feige.
Nein, auch den zweiten warf er nicht,
Gedenkend seiner Menschenpflicht ...
Nur, als schon alle warfen, brav,
Den kleinsten – der ins Auge traf.

Nur

Ein Mensch, der, sagen wir, als Christ,
Streng gegen Mord und Totschlag ist,
Hält einen Krieg, wenn überhaupt,
Nur gegen Heiden für erlaubt.
Die allerdings sind auszurotten,
Weil sie des wahren Glaubens spotten!
Ein andrer Mensch, ein frommer Heide,
Tut keinem Menschen was zuleide,
Nur gegenüber Christenhunden
Wär jedes Mitleid falsch empfunden.
Der ewigen Kriege blutige Spur
Kommt nur von diesem kleinen »nur« ...

Wunsch und Begierde

Ein Mensch, der eines Tags entdeckt,
Daß jeder Wunsch nur Wünsche heckt,
Will, seinen Frieden zu verbürgen,
Von nun an jeden Wunsch erwürgen.
Schon naht ein Wünschlein, ahnungslos,
Klopft höflich an, tut gar nicht groß
Und wartet still, ob man's erfülle,
Der Mensch, mit wütendem Gebrülle,
Fährt auf und macht ihm ohne Grund
Den fürchterlichsten Schweinehund:
Er hab es satt, dies ewige Betteln,
Er werde sich nicht mehr verzetteln,
Er kenne schon die Wunsch-Schlawiner,
Die kommen, als ergebne Diener
Und, kaum daß man sie eingelassen,
Leichtsinnig Hab und Gut verprassen.
Der Wunsch, im Innersten gekränkt,
Hat sich jedoch darauf beschränkt,
Dies unverzeihliche Geläster
Zu melden seiner großen Schwester.
Frau Gier hört sich die Sache an
Und denkt sich: »Wart, Du Grobian!«
Sie putzt sich auf und schminkt sich grell;
Der Mensch verfällt ihr äußerst schnell,
Ruiniert sich, um sie zu erweichen –
Doch sie tut weiter nicht dergleichen.
So rächt das abgefeimte Luder
Das Unrecht an dem kleinen Bruder.

Traumbegegnung

Ein Mensch, beim Traum-Spazierengehen,
Sah einst den Riesen Zufall stehen,
Auf den er schon seit manchem Jahr
Nicht eben gut zu sprechen war.
Wie David einst vor Goliath,
Er traumesmutig vor ihn trat,
Daß er ihn kieselschleudernd träfe,
Wie jener jenen, in die Schläfe.
Doch wollt er, abhold allen Sünden,
Den Mord moralisch erst begründen
Und, was gerade hier vonnöten,
Den Zufall nicht durch Zufall töten.
Er hielt darum, statt rascher Fehde,
Dem Riesen eine Riesenrede,
In der er nachwies, unerbittlich,
Der Zufall sei durchaus nicht sittlich,
Denn er mißbrauche seine Kraft
Zu ungerechter Machenschaft.
Der Riese, gar nicht schlecht gelaunt,
Schien ob des Vorwurfs nur erstaunt
Und war ganz willig zur Bekehrung
Und bat um weitere Belehrung.
Der Mensch bedachte manche Regel,
Die heilsam wäre für den Flegel,
Doch fiel ihm nichts Gescheites ein.
Er wurde kleiner noch als klein,
Und er verschloff sich wie ein Wiesel,
In Händen ungenutzt den Kiesel.

Eugen Roth

für Frauenfeinde

Enttäuschung

Ein Mensch, der nicht mehr daran dachte,
Daß sich ein Weib was aus ihm machte,
Fand doch noch eins, verdächtig lieb:
Es rühmte ihn als Herzensdieb.
Doch bald hat er sich schlicht empfohlen:
Das Weib war völlig ausgestohlen.

Ars amandi

Ein Mensch, der wüst ein Weib zertrümmert
Und sich nicht um die Scherben kümmert,
Ist zwar, als Mensch, oft minderwertig,
Doch schnell mit solchen Sachen fertig.
Und hat ein Herz er glatt gebrochen,
Dann heilt's auch, oft schon nach vier Wochen.
Ein andrer Mensch, der nicht so roh,
Macht es im Grunde ebenso,
Doch drängt's ihn seelisch, bei den Frauen,
Von Zeit zu Zeit noch nachzuschauen,
Wie großen Schaden sie gelitten.
Das Herz vermag er nicht zu kitten –
Nur dies erreicht der, ach, so Gute:
Daß immer frisch es wieder blute.
Der Mensch wirkt ärger, als ein frecher
Doch wohlgeübter Herzensbrecher.
Drum raten wir, daß er sich hüte
Vor Güte, die nur zweiter Güte.

Einbildung

Ein Mensch hält sich, wie viele Männer,
Für einen großen Frauenkenner:
Nicht wegen allzu reicher Ernte –
Nein, weil er *keine* kennenlernte!

Bühne des Lebens

Ein Mensch, von einem Weib betrogen,
Ergeht sich wüst in Monologen,
Die alle in dem Vorsatz enden,
Sich an kein Weib mehr zu verschwenden.
Doch morgen schon – was gilt die Wette? –
Übt wieder dieser Mensch Duette.

O Tempora

Ein Mensch, der eine Freundin hatte,
Ist jetzt, seit Jahren schon, ihr Gatte.
Er hat's mit diesem Weibe schwer:
Es redet nämlich dumm daher.
Er meint, es werde täglich schlimmer –
Doch nein – so dämlich war sie immer.
Es liegt nur an der Jugend Schwund:
Süß klang Geschwätz aus süßem Mund.

Einbildung

Der gekränkte Badegast

Ein Mensch, an sich mit Doktorgrad,
Geht einsam durchs Familienbad.
Dortselbst beäugt ihn mancher hämisch,
Der zweifellos nicht akademisch.
Der Mensch erkennt, hier gelte nur
Der nackte Vorzug der Natur,
Wogegen sich der schärfste Geist
Als stumpf und wirkungslos erweist,
Weil, mangels aller Angriffsflächen,
Es ihm nicht möglich, zu bestechen.
Der Mensch, der ohne Anschluß bleibt
An alles, was hier leibt und weibt,
Kann leider nur mit einem sauern
Hohnlächeln diese Welt bedauern,
Wirft sich samt Sehnsuchtsweh ins Wasser,
Verläßt es kalt, als Weiberhasser,
Stelzt quer durchs Fleisch mit strenger Miene
Auf spitzem Kies in die Kabine,
Zieht wieder, was er abgetan,
Die Kleider und den Doktor an
Und macht sich, weil er fehl am Ort,
Zwar nicht sehr geltend, aber fort.

Immer ...

Ein Mensch erklärt, es sei im Leben
Das Klügste, *immer* nachzugeben.
Ein andrer Mensch ihm widerspricht
Und meint, bescheiden: immer nicht!
Nur so von Fall zu Fall, beliebig –
Jedoch der Mensch bleibt unnachgiebig

Ungleicher Kampf

Ein Mensch von innerem Gewicht
Liebt eine Frau. Doch sie ihn nicht.
Doch daß sie ihn nicht ganz verlöre,
Tut sie, als ob sie ihn erhöre.
Der Mensch hofft deshalb unverdrossen,
Sie habe ihn ins Herz geschlossen,
Darin er, zwar noch unansehnlich,
Bald wachse, einer Perle ähnlich.
Doch sieh, da kommt schon einszweidrei
Ein eitler junger Fant herbei,
Erlaubt sich einen kleinen Scherz,
Gewinnt im Fluge Hand und Herz.
Ein Mensch, selbst als gereifte Perle,
Ist machtlos gegen solche Kerle.

Sprichwörtliches

Ein Mensch bemerkt mit bitterm Zorn,
Daß keine Rose ohne Dorn.
Doch muß ihn noch viel mehr erbosen,
Daß sehr viel Dornen ohne Rosen.

Für Architekten

Ein Mensch, der auf ein Weib vertraut
Und drum ihm einen Tempel baut
Und meint, das wär sein Meisterstück,
Erlebt ein schweres Bauunglück.
Leicht findet jeder das Exempel:
Auf Weiber baue keine Tempel!

Nach Jahr und Tag

Ein Mensch begegnet, nach Jahrzehnten,
Dem Weib, dem brünstig einst ersehnten
Und, angesichts der Fleischesmassen,
Kann er es einfach nicht mehr fassen,
Daß so die Knospe aufgeblüht,
Die einst beunruhigt sein Gemüt,
Doch sieh! Die damals, ach, so kühle,
Schwimmt, schwelgt und schwärmt im Hochgefühle
Von süßen, unvergeßnen Stunden –
Die seinerzeit nicht stattgefunden.

Sprichwörtliches

Kettenreaktion

Ein Mensch erzählt daheim, empört,
Daß – wie am Stammtisch er gehört –
In Wutausbrüchen, ungezügelt,
Ein Unmensch seine Frau geprügelt.
Wie tut die Frau der Gattin leid:
»Da sieht man, wie Ihr Männer seid!«
Schon reißt dem Menschen die Geduld:
»Vielleicht war *sie* auch mit dran schuld!?«
So sieht man bald die beiden streiten –
Und beinah kommt's zu Tätlichkeiten.
Ein dritter, lang und gut vermählt,
Gemütlich dies der Frau erzählt:
»Nie käm's bei uns zu solchem Hasse,
Weil ich mir alles bieten lasse!«
»Wer«, fängt die Frau an, aufzumucken,
»Wenn *ich* nicht, muß hier alles schlucken?«
Die sich jahrzehntelang vertragen,
Sind nah daran, sich auch zu schlagen.
Ein vierter hört und meldet das –
Und schon wird Ernst, was grad noch Spaß.
Ein böses Wort das andre gibt –
Duett: »Du hast mich nie geliebt!«
Das böse Beispiel, unbestritten,
Verdirbt auch hier die guten Sitten.

Variationen

Ein Mensch bei Weibern nichts erreicht. –
Ein zweiter meint: »... und ist so leicht!«
Der wiederum, so weiberstark,
Müht sich vergebens um zehn Mark.
Der Mensch, nicht in der Gunst der Weiber,
Verdient die leicht, als Zeitungsschreiber.
Nun kommt ein Fall, besonders bitter:
Ganz geld- und weiblos bleibt ein dritter.
Ein vierter prahlt mit üblen Siegen:
Mit Geld sind Weiber leicht zu kriegen.
Der fünfte ist der wahre Held:
Durch Weiber erst kommt er zu Geld!

Der Brandstifter

Ein Mensch, den friert, beliebt zu scherzen
Mit eines Weibes heißem Herzen.
Kaum geht er mit dem Weib zu zweit,
Geht er natürlich gleich zu weit.
Jedoch, sobald er nun erkennt,
Daß jene schon gefährlich brennt,
Benützt er seinen innern Knax
Als sozusagen Minimax.
Die Jungfrau, die schon stark verkohlt,
Sich davon nie mehr ganz erholt.
Den Menschen kommt der Fall nicht teuer:
Er ist versichert gegen Feuer.

Weidmanns Heil

Ein Mensch, schon vorgerückt an Jahren,
Entschließt sich dennoch, Schi zu fahren,
Und zwar, weil er einmal erfuhr,
Daß in der Freiheit der Natur
Die Auswahl oft ganz unbeschreiblich
An Wesen, welche erstens weiblich
Und zweitens, die verhältnismäßig
Sehr wohlgestalt und schöngesäßig.
Der Mensch beschließt, mit einem Wort,
Die Häschenjagd als Wintersport.
Doch was er trifft auf Übungshügeln,
Kann seine Sehnsucht nicht beflügeln.
Dort fällt ja stets, seit vielen Wintern,
Das gleiche Volk auf dicke Hintern.
Die Häschen ziehn zu seinem Schmerz
Sich immer höher alpenwärts,
Und sind auch leider unzertrennlich
Vereint mit Wesen, welche männlich.
Der Mensch, der leider nur ein Fretter
Und kein Beherrscher jener Bretter,
Die einzig hier die Welt bedeuten,
Vermag kein Häschen zu erbeuten,
Weshalb er, anstatt Schi zu laufen,
Ins Kurhaus geht, sich zu besaufen.

Eugen Roth

für Fortgeschrittene

Unter Aufsicht

Ein Mensch, der recht sich überlegt,
Daß Gott ihn anschaut unentwegt,
Fühlt mit der Zeit in Herz und Magen
Ein ausgesprochnes Unbehagen
Und bittet schließlich Ihn voll Grauen,
Nur fünf Minuten wegzuschauen.
Er wolle unbewacht, allein
Inzwischen brav und artig sein.
Doch Gott, davon nicht überzeugt,
Ihn ewig unbeirrt beäugt.

Kleiner Unterschied

Ein Mensch, dem Unrecht offenbar
Geschehn von einem andern war,
Prüft, ohne eitlen Eigenwahn:
Was hätt in dem Fall ich getan?
Wobei er festgestellt, wenn's auch peinlich.
Genau dasselbe, höchstwahrscheinlich.
Der ganze Unterschied liegt nur
In unsrer menschlichen Natur,
Die sich beim Unrecht-Leiden rührt,
Doch Unrecht-Tun fast gar nicht spürt.

Auf Umwegen

Ein Mensch, der, was auch kommen möge,
Niemals die andern glatt belöge,
Lügt drum, denn dies scheint ihm erlaubt,
Zuerst sich selbst an, bis er's glaubt.
Was er nun fast für Wahrheit hält,
Versetzt er dreist der ganzen Welt.

Gescheiterter Versuch

Ein Mensch, der bis um Mitternacht
Vergeblich über was gedacht,
Auf jenen Bibelspruch noch traf:
»Den Seinen gibt's der Herr im Schlaf.«
Um einzuheimsen solchen Segen,
Beschloß er, sich aufs Ohr zu legen,
Um, eignen Denkens zum Ersatze,
Zu horchen still an der Matratze.
Doch leider hat er, Stund um Stunden
Noch nicht einmal den Schlaf gefunden,
Den dringend er gebraucht hätt, eben,
Sollt ihm der Herr darin was geben.
Der Mensch, in qualvoll halbem Wachen,
Mußt selber sich Gedanken machen.

Wer weiss?

Ein Mensch schreibt feurig ein Gedicht:
So, wie's ihm vorschwebt, wird es nicht.
Vielleicht hat Gott sich auch die Welt
Beim Schöpfen schöner vorgestellt.

Nachsicht

Ein Mensch erblickt ein Weib, bepelzt,
Das stolz an ihm vorüberstelzt.
Der Pelz, mit Leopardentupfen,
Ist freilich nur ein bessrer Rupfen;
Doch lebt das Weib im holden Wahn,
Man säh ihm dies nicht weiter an.
Und in der Tat: obgleich im Bilde,
Schaut drüber weg der Mensch voll Milde.
Ein Beispiel, auch für Lebenslügen:
Laßt doch den Leuten ihr Vergnügen!

Der Harmlose

Ein Mensch von glücklicher Natur
Zeit seines Lebens nicht erfuhr,
Daß der und jener Mensch ihm grollte
Und heimlich Böses antun wollte.
Die Welt, die grause Schlangengrube,
War ihm wie seine gute Stube.
Selbst wenn sich's rund um ihn geringelt
Von Nattern, die ihn wüst umzingelt,
Blieb, nur durch eigne Heiterkeit,
Er gegen jeden Biß gefeit. –
Es sollen, als man ihn begraben,
Geweint sogar die Schlangen haben.

Gegensätze

Ein Mensch, zu reisen um halb zehn,
Beschließt, um sechs Uhr aufzustehn,
Damit er sich nicht hetzen muß:
Gemütlichkeit ist ihm Genuß!
Er blödelt hier, er trodelt dort –
Er braucht ja lange noch nicht fort!
Er trinkt Kaffee und liest in Ruh
Sein Blättchen – er hat Zeit dazu!
Zeit? Höchste Zeit, daß er sich schleune:
Denn plötzlich sieht er, fast ist's neune!
Doch wie er sich auch jetzt noch tummelt –
Zu spät: er hat den Zug verbummelt!
Ein andrer Mensch, der leider glatt
Die Aufstehfrist verschlafen hat,
Wacht auf, sieht auf den ersten Blick
Das äußerst drohende Geschick,
Reißt sich zusammen, und geschwind
Braust auf die Bahn er, wie der Wind,
Erwischt den Zug, wenn auch nur knapp,
Und fährt, ein Sieger, glücklich ab.
Wir hoffen, daß Ihr selbst es wißt,
Daß dies ein Lebens-Gleichnis ist.

So ist das Leben

Ein Mensch lebt friedlich auf der Welt,
Weil fest und sicher angestellt.
Jedoch so Jahr um Jahr, wenn's lenzt,
Fühlt er sich sklavenhaft begrenzt
Und rasselt wild mit seinen Ketten,
Als könnt er so die Seele retten
Und sich der Freiheit und dem Leben
Mit edlem Opfermut ergeben.
Jedoch bei näherer Betrachtung
Spielt er nur tragische Verachtung
Und schluckt, kraft höherer Gewalt,
Die Sklaverei und das Gehalt.
Auf seinem kleinen Welttheater
Mimt schließlich er den Heldenvater
Und denkt nur manchmal noch zurück
An das einst oft geprobte Stück,
Das niemals kam zur Uraufführung.
Und er empfindet tiefe Rührung,
Wenn er die alte Rolle spricht
Vom Mann, der seine Ketten bricht.

Leib und Seele

Ein Mensch mißachtet die Befehle
Des bessern Ich, der zarten Seele –
Bis die beschließt, gekränkt zu schwer:
Mit dem verkehre ich nicht mehr.
Sie lebt seitdem, verbockt und stumm,
Ganz teilnahmslos in ihm herum.

Das Zauberwort

Ein Mensch sitzt in der Eisenbahn
Und schaut sein Gegenüber an,
Ein Mädchen, das ihm, scheinbar kühl,
Verbietet jegliches Gefühl.
So schweigend fahren, das ist bitter –
Da steigt ganz plötzlich zu ein Dritter,
Kennt alle beide gut und stellt
Gewandt sie vor, als Mann von Welt.
Gleich bricht der lang gestaute Schwall,
Sie reden wie ein Wasserfall,
Auch, als sich jener längst entfernt,
Durch den sie kennen sich gelernt.
Den fremden Herrn, die fremde Dame,
Erlöst ein Zauberwort: Der Name!
Der Sitte Fesseln jäh zerreißen
Wenn beide wissen, wie sie *heißen*.
Vertrauen fassen sie geschwind
Und fragen kaum noch, wie sie *sind*.

Rechtzeitige Einsicht

Ein Mensch sieht ein, daß wer, der stirbt,
Den andern nur den Tag verdirbt,
An dem, den Freunden zum Verdruß,
Er halt beerdigt werden muß.
Den ersten trifft's als harter Schlag:
»Natürlich! Samstag nachmittag!«
Der zweite ärgert sich nicht minder:
»Mit meinem schäbigen Zylinder?«
Der dritte sagt: »Paßt wie bestellt!
Im Westfriedhof, halb aus der Welt!«
Der vierte ringt mit dem Entschluß,
Ob einen Kranz er geben muß.
Der fünfte aber herzlos spricht:
»So nah stand er mir schließlich nicht!«
Der sechste denkt nach altem Brauch:
»Ein Beileidsschreiben tut es auch!«
Und rückhaltslos bekennt der siebte,
Daß er ihn überhaupt nicht liebte.
Zeit ist's. Der Sarg wird zugenagelt.
Es regnet draußen, schneit und hagelt –
Kann sein auch: Julisonne sticht:
Mensch, das vergessen sie dir nicht!
Es spricht Kollege, Freund und Vetter:
»Der damals? Bei dem Schweinewetter?!«
Der Mensch schreibt drum: Mein letzter Wille –
Beerdigt mich in aller Stille!

Das Opfer

Ein Mensch sitzt still ... still ruht der See.
Dem Menschen tut das Herz so weh,
Weil Liebesleid und Radioklimpern
Oft treibt die Tränen in die Wimpern ...
Doch horch! da naht sich eine Schnake,
Setzt sich dem Menschen auf die Backe,
Der höchst gespannt und voller List
Nun harrt, bis sie am Werke ist.
Dann schlägt er zu, sich selbst nicht schonend
Und siehe, dieser Schlag war lohnend.
Der Mensch, der heiter das Insekt
Zerquetscht an seiner Hand entdeckt,
Nun obendrein noch wüst beschimpft
Das Vieh, das schmerzhaft ihn geimpft.
Obgleich er einzig *ihm* verdankt,
Daß er nicht seelisch schwer erkrankt:
Die Untat nämlich, blutig-roh,
Die macht ihn wieder lebensfroh.

Eugen Roth

für Mißgelaunte

Falscher Verdacht

Ein Mensch hat meist den übermächtigen
Naturdrang, andre zu verdächtigen.
Die Aktenmappe ist verlegt.
Er sucht sie, kopflos und erregt,
Und schwört bereits, sie sei gestohlen,
Und will die Polizei schon holen
Und weiß von nun an überhaupt,
Daß alle Welt nur stiehlt und raubt.
Und sicher ist's der Herr gewesen,
Der, während scheinbar er gelesen –
Er ahnt genau, wie es geschah . . .
Die Mappe? Ei, da liegt sie ja!
Der ganze Aufwand war entbehrlich
Und alle Welt wird wieder ehrlich.
Doch den vermeintlich frechen Dieb
Gewinnt der Mensch nie mehr ganz lieb,
Weil er die Mappe, angenommen,
Sie wäre wirklich weggekommen –
Und darauf wagt er jede Wette –
Gestohlen würde haben hätte!

Der Missgelaunte

Ein Mensch beklagt, schier seelisch blind,
Daß er am Leben nichts mehr find.
Er hab, liegt er uns in den Ohren,
Auf dieser Welt nichts mehr verloren.
Doch wie würd er der Antwort fluchen:
Dann hab er auch nichts mehr zu suchen.

Vorsicht

Ein Mensch, mit keinem Grund zur Klage
Als dem der allgemeinen Lage,
Klagt trotzdem und auf jeden Fall,
Klagt herzlich, laut und überall,
Daß jedermann sich überzeugt,
Wie tief ihn Not und Sorge beugt.
Wenn er sich nämlich unterfinge
Zu sagen, daß es gut ihm ginge,
So ginge es ihm nicht mehr gut:
Der Neid, der rasche Arbeit tut,
Hätt ihn vielleicht schon über Nacht
Um all sein Gutergehn gebracht.
Drum hat der Mensch im Grunde recht,
Der gleich erklärt, ihm ging' es schlecht.

Der Mißgelaunte

Um Vierzig herum

Ein Mensch, sich wähnend noch als junger,
Hat jetzt erst so den rechten Hunger
Und freut sich auf die gute Stunde,
Wo er vergnügt mit vollem Munde
Weinweibgesänglich sitzen dürfte
Und wo der bisher kaum geschlürfte,
Der Göttertrank der Daseinswonnen,
In vollen Strömen käm geronnen.
So rüstet er zum Lebensfeste –
Und sieht entsetzt die kargen Reste,
Die ihm, zu leben und zu lieben,
Für künftige Jahre noch geblieben.
Sich wähnend auf des Glückes Gipfel,
Schaut er der Wurst verlornen Zipfel.
Bereit zum ersten tiefen Zug,
Lechzt er in einen leeren Krug.
Da sitzt er, schüttelt stumm das Haupt,
Weil er es nie und nimmer glaubt,
Daß er sie selbst verzehret habe,
Die unerschöpflich reiche Labe.
Er kaut Erinnrung, saugt Vergessen –
Ist dreißig Jahr noch so gesessen …

Der Schwarzseher

Ein Mensch denkt jäh erschüttert dran,
Was alles ihm geschehen kann
An Krankheits- oder Unglücksfällen,
Um ihm das Leben zu vergällen.
Hirn, Auge, Ohr, Zahn, Nase, Hals;
Herz, Magen, Leber ebenfalls,
Darm, Niere, Blase, Blutkreislauf
Zählt er bei sich mit Schaudern auf,
Bezieht auch Lunge, Arm und Bein
Nebst allen Möglichkeiten ein.
Jedoch, sogar den Fall gesetzt,
Er bliebe heil und unverletzt,
Ja, bis ins kleinste kerngesund,
Wär doch zum Frohsinn noch kein Grund,
Da an den Tod doch stündlich mahnen
Kraftfahrer, Straßen-, Eisenbahnen;
Selbst Radler, die geräuschlos schleichen,
Sie können tuckisch dich erreichen.
Ein Unglücksfall, ein Mord, ein Sturz,
Ein Blitz, ein Sturm, ein Weltkrieg – kurz,
Was Erde, Wasser, Luft und Feuer
In sich birgt, ist nie ganz geheuer.
Der Mensch, der so des Schicksals Macht
Ganz haargenau bei sich durchdacht,
Lebt lange noch in Furcht und Wahn
Und stirbt – und niemand weiß, woran.

Billiger Rat

Ein Mensch nimmt alles viel zu schwer.
Ein Unmensch naht mit weiser Lehr
Und rät dem Menschen: »Nimm's doch leichter!«
Doch grad das Gegenteil erreicht er:
Der Mensch ist obendrein verstimmt,
Wie leicht man seine Sorgen nimmt.

Der Zauderer

Ein Mensch wollt gern mit vollen Händen
Sein Dasein an die Welt verschwenden;
Er war auch durchaus zahlungswillig –
Doch schien ihm hier ein Witz zu billig
Und viel zu teuer dort ein Spaß –
Kurz, jedesmal mißfiel ihm was.
Noch eh er richtig es begehrt,
Fand er's der Mühe nicht mehr wert.
Sollt er aufs Glück zu bieten wagen?
Schon ward's Entschloßnern zugeschlagen:
Kurz, er verpaßte mit der Zeit
Gelegen- um Gelegenheit.
Der Mensch, als Greis, sich selber grollte,
Weil er sich doch verschwenden *wollte*.
Zum Schlusse hat auch er sein Leben
Dem lieben Gott zurückgegeben:
Zwar arg verstaubt und geizverschmutzt,
Sonst aber völlig unbenutzt.

Die Abmachung

Ein Mensch hat – » . . . gut, es bleibt dabei:
Am Samstag nachmittag um drei« –
Fürs Wochenende einen faden
Bekannten endlich eingeladen,
Was er ihm schon seit einem Jahr
Aus höhrer Rücksicht schuldig war.
Als hätt der Teufel es gerochen,
Daß unser Mensch sich fest versprochen,
Läßt hageln er auf diesen Tag
Aufforderungen, Schlag auf Schlag.
Worauf der Mensch seit Wochen wartet,
Jetzt kommt's daher, wie abgekartet.
Der Mensch, von Pflichtgefühl ummauert,
So schwer es ihm auch fällt, bedauert.
Die lauten Lockungen und leisern
An ihm zerschellen – er bleibt eisern.
Am Samstag früh kommt eine Karte,
Drin, daß der Mensch umsonst nicht warte,
Der Unmensch mitteilt, höflich-dreist,
Er sei heut ins Gebirg gereist.
Den Menschen zu besuchen, hätt er
Auch später Zeit, bei Regenwetter.

Überraschungen

Ein Mensch dem Sprichwort Glauben schenkt:
's kommt alles anders, als man denkt –
Bis er dann die Erfahrung macht:
Genau so kam's, wie er gedacht.

Börse des Lebens

Ein Mensch, wie uns der Weltlauf lehrt,
Schwankt ungemein in seinem Wert.
Wenn er auch selber kaum sich wandelt:
Zum Tageskurs wird er gehandelt,
Und es ist nicht vorauszusehn
Wie morgen seine Aktien stehn.
Er wähnt sich fest und steht doch kurz
Vor einem großen Börsensturz,
Bleibt lustlos und erholt sich wieder
Und wird, im ewigen Auf und Nieder,
Was er zu hoffen nicht gewagt,
Ganz stürmisch – ohne Grund – gefragt.
Dann legt er selbst sich hin zum Sterben. –
Ein Weilchen handeln noch die Erben,
Bis er sich in der Zeit verliert:
Nicht an der Börse mehr notiert.

Haltung

Weh dem, der unterwegs geneppt,
Den Ärger ständig mit sich schleppt!
Was Du bezahlt, verdau's auch seelisch,
Statt daß Du's wiederkäust, krakeelisch.
Im Omnibus von Tegernsee
Dem schlechten, teueren Kaffee
Noch nachzuzählen seine Bohnen
Bis München, dürfte kaum sich lohnen;
Die schöne Strecke Innsbruck-Wörgl
Sich zu verderben durch Genörgel:
»Zwölf Schilling für *den* Schlangenfraß!«
Ist auf die Dauer auch kein Spaß.
Seht dort die Landschaft: wie im Märchen!
Drin – offenbar! – ein Liebespärchen.
Oh dürften wir den Worten lauschen,
Die diese zwei – vermutlich – tauschen!
Doch nein! der Mann verdrossen spricht:
»Gut war die Wurst in Garmisch nicht!«
Drauf sie, ins Farbenspiel versunken,
»Die hat ja beinah schon gestunken!«
Nun beide, dumpf ins Abendfeuer:
»Und dabei unverfroren teuer!«
Der Mann, bezwingend sich mit Mühe,
Stellt fest, wie schön es alpenglühe.
Doch sie, nicht zum Verzeihn noch willig:
»Hier kriegt man überhaupt nichts billig!«
An Wurstvergiftung geht zugrunde
Die große Sonnen-Abschieds-Stunde.

Sensation

Ein Mensch, sein Leben schroff zu kürzen,
Will sich von einer Brücke stürzen –
Als sich ein Unmensch eilig naht:
Nicht, wie man hofft, zur Rettungstat, –
Mit Blitzlicht knipst er das Gespringe,
Verkauft's für dreißig Silberlinge,
So rasch, daß schon im Morgenblatt
Die Welt es zu begaffen hat.
Der Mensch, vielleicht, wär noch am Leben,
Hätt *ihm* wer dreißig Mark gegeben.
Der Unmensch schwärmt noch lang vom Glücke,
Das ihm begegnet an der Brücke ...

Lebensleiter

Ein Mensch gelangt, mit Müh und Not,
Vom Nichts zum ersten Stückchen Brot.
Vom Brot zur Wurst geht's dann schon besser;
Der Mensch entwickelt sich zum Fresser
Und sitzt nun, scheinbar ohne Kummer,
Als reicher Mann bei Sekt und Hummer.
Doch sieh, zu Ende ist die Leiter:
Vom Hummer aus geht's nicht mehr weiter.
Beim Brot, so meint er, war das Glück. –
Doch findet er nicht mehr zurück.

Sensation

Verdorbener Abend

Ein Mensch gedenkt, daheim zu bleiben
Und still an seinem Buch zu schreiben.
Da ruft ein Freund an, ausgeh-heiter,
Und möchte ihn als Fest-Begleiter.
Der Mensch lehnt ab, er sei verhindert.
Jedoch sein Fleiß ist schon gemindert.
Indes er wiederum nun sitzt,
Ein graues Heer von Ratten flitzt
Aus allen Winkeln, Ritzen, Rillen,
Um zu benagen seinen Willen.
Gleichzeitig äußert sich auch jetzt
Der Floh, ihm jäh ins Ohr gesetzt,
Daß er die herrlichsten Genüsse
Durch seinen Trotz versäumen müsse.
Geheim vertauscht sich Zeit und Ort:
Halb ist er hier, halb ist er dort,
Und ist schon dort jetzt zu zwei Dritteln.
Er greift zu scharfen Gegenmitteln,
Beschimpft sich, gibt sich selbst Befehle,
Rast gegen seine schwache Seele –
Umsonst; er schleppt zum Schluß den Rest,
Der noch geblieben, auf das Fest.
Jedoch der Rest ist leider schal,
Dem Menschen wird die Lust zur Qual.
Nach Hause geht er bald, bedrückt …
Es scheint, der Abend ist mißglückt.

Falsche Ernährung

Ein Mensch, den falscherweise meist
Man lebensüberdrüssig heißt,
Ist, und das macht den Fall erst schwierig,
In Wahrheit lebensübergierig,
So daß er jedes Maß vergißt
Und sich an Wünschen überfrißt.
Der Typ des reinen Hypochonders
Freut sich am Leben ganz besonders.
Unüberwindlich bleibt ihm nur
Die innere Zwietracht der Natur.
Oft wär er gerne dionysisch,
Doch er verträgt's nicht, schon rein physisch.
Oft wär ihm sanftes Glück beschieden,
Doch fehlt es ihm an Seelenfrieden.
Da er nie ausnützt, was er hat,
Wird er vom Leben auch nicht satt,
So daß er bald nach vielem greift,
Was ihm noch gar nicht zugereift,
Den Magen gründlich sich verdirbt
Und dann an Melan-kolik stirbt.

Der Maßlose

Ein Mensch, der manches liebe Jahr
Zufrieden mit dem Dasein war,
Kriegt eines Tages einen Koller
Und möchte alles wirkungsvoller.
Auf einmal ist kein Mann ihm klug,
Ist keine Frau ihm schön genug.
Die Träume sollten kühner sein,
Die Bäume sollten grüner sein,
Schal dünkt ihn jede Liebeswonne,
Fahl scheint ihm schließlich selbst die Sonne.
Jedoch die Welt sich ihm verweigert,
Je mehr er seine Wünsche steigert.
Er gibt nicht nach und er rumort,
Bis er die Daseinsschicht durchbohrt.
Da ist es endlich ihm geglückt –
Doch seitdem ist der Mensch verrückt.

Eugen Roth

für Liebhaber

Der Besuch

Ein Mensch kocht Tee und richtet Kuchen:
Ein holdes Weib wird ihn besuchen –
Der Kenner weiß, was das bedeutet!
Ha, sie ist da: es hat geläutet.
Doch weh! Hereintritt, sonngebräunt
Und kreuzfidel ein alter Freund,
Macht sich's gemütlich und begrüßt,
Daß Tee ihm den Empfang versüßt;
Und gar, daß noch ein Mädchen käm
Ist ihm, zu hören, angenehm
Und Anlaß zu recht rohen Witzen.
Der arme Mensch beginnt zu schwitzen
Und sinnt, wie er den Gast vertreibt,
Der gar nichts merkt und eisern bleibt.
Es schellt – die Holde schwebt herein:
Oh, haucht sie, wir sind nicht allein?!
Doch heiter teilt der Freund sich mit,
Daß er es reizend find zu dritt.
Der Mensch, zu retten noch, was bräutlich,
Wird aus Verzweiflung endlich deutlich.
Der Freund geht stolz und hinterläßt
Nur einen trüben Stimmungsrest:
Die Jungfrau ist zu Zärtlichkeiten
Für diesmal nicht mehr zu verleiten.

Gezeiten der Liebe

Ein Mensch schreibt mitternächtig tief
An die Geliebte einen Brief,
Der schwül und voller Nachtgefühl.
Sie aber kriegt ihn morgenkühl,
Liest gähnend ihn und wirft ihn weg.
Man sieht, der Brief verfehlt den Zweck.
Der Mensch, der nichts mehr von ihr hört,
Ist seinerseits mit Recht empört
Und schreibt am hellen Tag, gekränkt
Und saugrob, was er von ihr denkt.
Die Liebste kriegt den Brief am Abend,
Soeben sich entschlossen habend,
Den Menschen dennoch zu erhören –
Der Brief muß diesen Vorsatz stören.
Nun schreibt, die Grobheit abzubitten,
Der Mensch noch einen zarten dritten
Und vierten, fünften, sechsten, siebten
Der herzlos schweigenden Geliebten.
Doch bleibt vergeblich alle Schrift,
Wenn man zuerst danebentrifft.

Guter Rat

Ein Mensch, der liebestoll, verzückt,
An seine Brust ein Mädchen drückt,
Spürt jäh ein Knittern und ein Knarren:
Ha! denkt er, das sind die Zigarren!
Und sein Gefühl entfernt sich weit
Von Liebe und von Zärtlichkeit.
Der Mensch mag Nietzsches Rat verfemen,
Zum Weib die Peitsche mitzunehmen;
Doch sicher wird ihm meiner passen:
Verliebt, Zigarrn daheim zu lassen!

Optische Täuschung

Ein Mensch sitzt stumm und liebeskrank
Mit einem Weib auf einer Bank;
Er nimmt die bittre Wahrheit hin,
Daß sie zwar liebe, doch nicht ihn.
Ein andrer Mensch geht still vorbei
Und denkt, wie glücklich sind die zwei,
Die – in der Dämmrung kann das täuschen –
Hier schwelgen süß in Liebesräuschen.
Der Mensch in seiner Not und Schmach
Schaut trüb dem andern Menschen nach
Und denkt, wie glücklich könnt ich sein,
Wär ich so unbeweibt allein.
Darin besteht ein Teil der Welt,
Daß andre man für glücklich hält.

Unterschied

Ein Mensch möcht, jung noch, was erleben.
Doch mit der Zeit wird sich das geben,
Bis er, im Alter, davor bebt,
Daß er am End noch was erlebt.

Erfreulicher Irrtum

Ein Mensch sieht an der Straßenecke –
Wie *er* meint, zu verruchtem Zwecke! –
Ein Mädchen stehen, wohlgebaut ...
Doch ach, wie er nun näher schaut,
Hält dieses wunderschöne Mädchen
Starr in den Händen ein Traktätchen,
Das es (statt seiner selbst) hält feil,
Um nichts besorgt als Seelenheil.
Der Mensch, bereit zur Sünde grad,
Schlägt ein den schmalen Tugendpfad,
Froh, daß dies Weib zu nichts verführe
Als zum Erwerbe der Broschüre.
Und lang noch dankt er dieser Frommen,
Daß er so billig weggekommen.

Trost

Ein Mensch, entschlußlos und verträumt,
Hat wiederholt sein Glück versäumt.
Doch ist der Trost ihm einzuräumen:
Man kann sein *Unglück* auch versäumen.

Trauriger Fall

Ein Mensch, der manches liebe Jahr
Mit seinem Weib zufrieden war,
Dann aber plötzlich Blut geleckt hat,
Denkt sich: »Varietas delectat –«
Und schürt sein letztes, schwaches Feuer
Zu einem wilden Abenteuer.
Jedoch bemerkt er mit Erbosen,
Daß seine alten Unterhosen
Ausschließlich ehelichen Augen
Zur Ansicht, vielmehr Nachsicht, taugen
Und daß gewiß auch seine Hemden
Ein fremdes Weib noch mehr befremden,
Daß, kurz, in Hose, Hemd und Socken
Er Welt und Halbwelt nicht kann locken.
Der Mensch, der innerlich noch fesche,
Nimmt drum, mit Rücksicht auf die Wäsche,
Endgültig Abschied von der Jugend
Und macht aus Not sich eine Tugend.

Zirkus Liebe

Ein Mensch – wir brauchen's nicht zu sagen,
Es gilt dem Sinn nach, übertragen –
Ein Mensch ist, wie gesagt, ganz hin:
Er liebt die Zirkusreiterin!
Er nimmt das Schwerste selbst in Kauf
Und tritt als Dummer August auf,
Um überhaupt nur da zu sein
Und der Geliebten nah zu sein.
Jedoch dem Weib viel näher steht
Ein strotzender Gemüts-Athlet.
Und leicht gewinnt durch rasche Tat
Sie ein Gesinnungs-Akrobat.
Und wenn der wirklich sie verlör,
Ist da noch immer ein Domptör,
Ein Schlangenbändiger, ein Gaukler,
Ein Illusionist, ein Turmseilschaukler,
Ein Stallknecht, kurz, du armer Dummer
August, bist erst die letzte Nummer!
Ein andrer Mensch, nicht liebestoll,
Weiß gleich, was man da machen soll.
Er freut sich an dem bittern Spaße
Und setzt sich herzlos an die Kasse.

Verpfuschtes Abenteuer

Ein Mensch geht in der Stadt spazieren
Und muß gar oft sein Herz verlieren
An Frauen, die nicht daran denken,
Ihm auch nur einen Blick zu schenken.
Warum, so fragt er sich im Gehen,
Kann mir's nicht auch einmal geschehen,
Daß dank geheimer Liebeskraft
Ein Wesen, hold und engelhaft,
Mißachtend strenger Sitten Hürde
Sich unverhofft mir nähern würde?
Kaum hat er so zu sich gesprochen,
Fühlt er sein Herz gewaltig pochen.
Denn sieh, die reizendste der Frauen
Naht sich voll lächelndem Vertrauen
Und sagt zu ihm errötend dies:
»– ∪ – ∪ – ∪ – please?«
Der Mensch, der so was nicht gelernt,
Hat hilflos stotternd sich entfernt.
Was nützt – Moral von der Geschicht –
Ein Engel, wenn er englisch spricht!

Einsicht

Ein Mensch, ein liebesselig-süßer,
Erfährt, daß er nur Lückenbüßer
Und die Geliebte ihn nur nahm,
Weil sie den andern nicht bekam.
Trotzdem läßt er sich's nicht verdrießen,
Das Weib von Herzen zu genießen.
Es nehmen, die auf Erden wandern,
Ja alle einen für den andern.

Schlüpfrige Dinge

Ein Mensch, der auf der Straße ging,
Mit seinen Augen sich verfing
In einem Laden, drin ein Weib
Höchst schamlos zeigte seinen Leib,
Der nur aus Pappendeckel zwar,
Doch fleischlich in der Wirkung war.
Von Hemd und Höschen zart umhüllt,
Das Blendwerk nur den Zweck erfüllt,
Zu schlagen eine breite Bresche
In den erlaubten Wunsch nach Wäsche.
Und da dem Reinen alles rein,
Sah das der Mensch auch alsbald ein
Und ging mit einer grenzenlosen
Hochachtung fort für Damenhosen.

Erfolgloser Liebhaber

Ein Mensch wollt sich ein Weib erringen,
Doch leider konnt's ihm nicht gelingen.
Er ließ sich drum, vor weitern Taten,
Von Fraun und Männern wohl beraten:
»Nur nicht gleich küssen, tätscheln, tappen!«
»Greif herzhaft zu, dann muß es schnappen!«
»Laß deine ernste Absicht spüren!«
»Sei leicht und wahllos im Verführen!«
»Der Seele Reichtum lege bloß!«
»Sei scheinbar kalt und rücksichtslos!«
Der Mensch hat alles durchgeprobt,
Hat hier sich ehrenhaft verlobt,
Hat dort sich süß herangeplaudert,
Hat zugegriffen und gezaudert,
Hat Furcht und Mitleid auferweckt,
Hat sich verschwiegen, sich entdeckt,
War zärtlich kühn, war reiner Tor,
Doch wie er's machte – er verlor.
Zwar stimmte jeder Rat genau,
Doch jeweils nicht für jede Frau.

Man wird bescheiden

Ein Mensch erhofft sich fromm und still,
Daß er einst das kriegt, was er will.
Bis er dann doch dem Wahn erliegt
Und schließlich das will, was er kriegt.

Erfolgloser Liebhaber

Der Verschwender

Ein Mensch, der ein sehr hohes Maß
Von reiner Leidenschaft besaß,
Vermeinte, daß bei so viel Gnade
Es vorerst weiter gar nicht schade,
So ab und zu in kleinen Summen
Die Zinsen quasi zu verdummen.
Die Liebeleien wurden häufig,
Verschwenden wurde ihm geläufig.
Noch hab ich, kommt das Glück einmal,
So dachte er, das Kapital!
Die Liebe kam dann, unvermutet,
Die wert ist, daß man für sie blutet.
Der Mensch griff tief in seine Seele –
Und merkte plötzlich, daß sie fehle.
Zwar fand er noch, als Mann von Welt,
In allen Taschen Wechselgeld,
Doch reichte es für Liebe nimmer,
Nur mehr für billige Frauenzimmer ...

Die Antwort

Ein Mensch, der einen herzlos kalten
Absagebrief von ihr erhalten,
Von ihr, die er mit Schmerzen liebt,
Erwägt, was er zur Antwort gibt.
Mit Hilfe von Gedankensäure
Füllt er sich Bomben, ungeheure,
Beginnt ein Schreiben aufzusetzen,
Das dieses Weib in tausend Fetzen
(So graunvoll nämlich ist sein Gift!)
Zerreißen muß, wenn es sie trifft.
Genau die Sätze er verschraubt,
Bis er die Zündung wirksam glaubt.
Zum Schlusse aber schreibt er ihr:
»Ich liebe Dich. Sei gut zu mir!«

Blumen

Ein Mensch, erkrankt schier auf den Tod
An Liebe, ward mit knapper Not
Gerettet noch von einer Mimin,
Die sich ihm hingab als Intimin.
Noch wild erfüllt von Jubelbraus
Geht er in tiefer Nacht nach Haus;
Er dampft vor Dankbarkeit und Wonne,
Ein jeder Stern wird ihm zur Sonne:
Ha! Morgen stellt er um den Engel
Gleich hundert Orchideenstengel ...
Er wird, und sollt's ihn auch zerrütten,
Das Weib mit Rosen überschütten ...
Nicht Rosen, nein, die schnell verwelken –
Er bringt ihr einen Büschel Nelken ...
Sollt man nicht jetzt, im Winter nehmen
Vier, drei, zwei schöne Chrysanthemen?
Wie wär es, denkt er hingerissen,
Mit Tulpen oder mit Narzissen?
Entzückend ist ein Primelstöckchen;
Süß sind des Lenzes erste Glöckchen.
Doch damit, ach, ist sein Gemüt
Denn auch so ziemlich abgeblüht.
Er sinkt ins Bett und träumt noch innig:
Ein Veilchenstrauß, das wäre sinnig ...

Eugen Roth

für Kunstfreunde

Der Kenner

Ein Mensch sitzt stolz, programmbewehrt,
In einem besseren Konzert,
Fühlt sich als Kenner überlegen –
Die anderen sind nichts dagegen.
Musik in den Gehörgang rinnt,
Der Mensch lauscht kühn verklärt und sinnt.
Kaum daß den ersten Satz sie enden,
Rauscht er schon rasend mit den Händen
Und spricht vernehmliche und kluge
Gedanken über eine Fuge
Und seufzt dann, vor Begeisterung schwach:
»Nein, wirklich himmlisch, dieser Bach!«
Sein Nachbar aber grinst abscheulich:
»Sie haben das Programm von neulich!«
Und sieh, woran er gar nicht dachte:
Man spielt heut abend Bruckners Achte.
Und jäh, wie Simson seine Kraft,
Verliert der Mensch die Kennerschaft.

Bescheidenheit

Ein Mensch möcht erste Geige spielen –
Jedoch das ist der Wunsch von vielen,
So daß sie gar nicht jedermann,
Selbst wenn er's könnte, spielen kann:
Auch Bratsche ist für den, der's kennt,
Ein wunderschönes Instrument.

Der Unmusikalische

Ein Mensch läg gerne schon im Bett –
Doch endlos zirpt noch ein Quartett.
Der Mensch, der nichts davon versteht,
Harrt stumm, daß es zu Ende geht.
Nur wenn mit schwitzend schnellen Händen
Die Künstler ihre Blätter wenden,
Sucht er, ganz heimlich, zu erschielen,
Wie lang die Viere wohl noch spielen.
Er horcht, wie sie in Trillern waten.
Und breit sich stürzen in Fermaten,
Bald kühn sich auf die Spitze geigen,
Bald furchtlos in die Tiefen steigen
Und oft, aufs äußerste verwirrt,
In Labyrinthe, weit verirrt,
Doch tönetastend, gleich den Blinden
Sich zaubrisch neu zusammenfinden.
Fast wird's dem Menschen schon Genuß –
Da sind sie unverhofft am Schluß.
Der Mensch, daheim, noch vor dem Schlafen,
Denkt voller Achtung an die Braven,
Und sinnt, geraume Zeit, im Hemd,
Wie ihm Musik, an sich zwar fremd,
Doch diese Vier fast nahebrachten,
Die sie so kunstgeläufig machten.

Kunst

Ein Mensch hält an dem Grundsatz fest,
Daß über Kunst sich streiten läßt.
Er widersteht den Avantgarden
Und ihren wortgewandten Barden.
(Modern sein kann heut jeder gut –
Altmodisch sein: dazu braucht's Mut!)
Selbst jung, hat er sich zu den jungen
Expressionisten durchgerungen
Und meint, er habe es geschafft.
Jedoch mit neuer Schöpferkraft
Beginnen nunmehr die Tachisten,
Picasso selbst mit auszumisten.
Der Mensch beflügelt seinen Schritt
Und wirklich kommt er grad noch mit.
Wild schreit die Avantgarde: »Patzer!«
Und ritzt in leere Flächen Kratzer.
Der Mensch, nur daß er sei modern,
Beschwört, er sehe so was gern.
Die Jüngsten halten das für Dreck
Und lassen selbst die Kratzer weg.
Der Mensch muß arg sich überwinden,
Um das als Kunst noch zu empfinden.
Er stellt, um ja nicht zu erlahmen,
Sich brav vor leere Bilderrahmen:
Ein bißchen scheint's ihm übertrieben –
Schon gilt er als zurückgeblieben.

Gescheiterte Sammlung

Ein Mensch – er freut sich drauf, und wie! –
Geht in die fünfte Sinfonie.
Wie liebt er grad den ersten Satz!
Er setzt sich still auf seinen Platz,
Daß ganz er dem Genuß sich weihe ...
Ein Herr grüßt aus der dritten Reihe.
Der Mensch, wohl wissend, daß ern kenn,
Denkt flüchtig bloß, wie heißt er denn?
Worauf er fromm die Augen schließt,
Damit Musik sich in ihn gießt.
Kaum hebt den Stab der Zappelmann,
Schon geht bei ihm der Rappel an:
Wie rast der Geigen Glanzgeschwirre –
Der Mann heißt Fuld, wenn ich nicht irre!
Trompeten holt des Meisters Wink
Zu wilder Pracht – der Mann heißt Fink!
Wie steigt der Melodien Wuchs
Aus Zaubertiefen – er heißt Fuchs!
Wie klagt so süß ein Flötenlauf –
Der Mensch, er kommt und kommt nicht drauf.
Posaunen strahlen des Gerichts –
Mit Fuchs ist es natürlich nichts.
Horch, des Finales stolzer Prunk –
Funk heißt er, selbstverständlich, Funk!
Des Menschen Kopf ist wieder frei:
Die Sinfonie ist auch vorbei ...

Zwei Seelen

Zwei Seelen wohnen in der Brust:
Die hohe, kunst- und pflichtbewußt,
Rät, auszuharren in Museen –
Die niedre möcht ins Wirtshaus gehn.
Selbst Dürer wird zum Schluß verraten
Um einen guten Schweinebraten!

Der unerwünschte Bundesgenosse

Ein Mensch besucht, zwecks Geist-Erhellung,
Die jüngste Malerei-Ausstellung.
Doch statt erhellt, wird er verdüstert –
So daß er ziemlich hörbar flüstert,
Dies geh zu weit: dies wilde Kritzeln,
Dies Kleben, bloß aus Abfallschnitzeln!
Dies Farben-nur-aus-Tuben-Drücken
Zähl zu den frechsten Bubenstücken.
Schon hat an ihn, der laut gedacht,
Ein Unmensch sich herangemacht:
»Aufhängen sollt man das Gesindel
Anstatt der Bilder! Terror!! Schwindel!!
Gottlob, es gibt noch deutsche Männer!
Ich sehe schon, Sie sind ein Kenner!«
Der Mensch, von Schrecken ganz gelähmt,
Entfernt sich wortlos und beschämt,
Weil er die Schleusen selbst erschlossen
Des Unrats, der ihn jetzt begossen.

Falsche Rechnung

Ein Mensch erwirbt, den Vorteil nutzend,
Sich Karten fürs Konzert im Dutzend.
Beim ersten muß er staunend lesen,
Daß – gestern es bereits gewesen.
Beim zweiten – was den Vorteil mindert! –
Ist er beruflich just verhindert.
Beim dritten – 's geht punkt acht Uhr an! –
Streikt hoffnungslos die Straßenbahn.
Er glaubt nicht, daß das vierte lohn':
Statt Mozart spielt man Mendelssohn.
Das fünfte er versäumen mußte –
Grund: sein Geschneuze und Gehuste.
Das sechste, siebente und achte
Verschenkt' er, weil er Ferien machte.
Das neunte endlich und das zehnte
Genoß er, wie er's längst ersehnte.
Nur ungern ging er in das elfte
Und floh schon nach der ersten Halfte.
Das zwölfte hätte ihm behagt –
In letzter Stund ward's abgesagt.
Der Mensch tat nunmehr einen Schwur,
Er kaufe Karten einzeln nur
Und, statt daß er sich zwingen lasse,
Geh er bloß, wenn's ihm grade passe.
Doch paßt's ihm nie – und als Banause
Bleibt er jetzt überhaupt zu Hause.

Theaterbilletts

Ein Mensch besitzt zwei Festspielkarten,
Auf die vielleicht zehntausend warten,
Die, würden sie beschenkt mit diesen,
Sich ungeheuer glücklich priesen.
Der Mensch, von diesen schroff getrennt
Dadurch, daß er sie gar nicht kennt,
Denkt vorerst seiner beiden Schwestern:
»Nein, danke«, heißt's, »wir waren gestern.«
Dann fällt ihm noch Herr Müller ein,
Der wird vermutlich selig sein.
Doch selig ist der keinesfalls,
Ihm stehn die Opern schon zum Hals.
Wie konnt ich Fräulein Schulz vergessen?
Die ist auf so was ganz versessen!
»Wie, heute abend, Lohengrin?
Da geh ich sowieso schon hin!«
Herr Meier hätte sicher Lust:
»Hätt vor drei Tagen ich's gewußt!«
Frau Huber lehnt es ab, empört:
»Vor zwanzig Jahren schon gehört!«
Herr Lieblich meint, begeistert ging er,
Wär es für morgen, Meistersinger,
Doch heute abend, leider nein.
Der Mensch läßt es von nun an sein.
Zwei Plätze, keine Sitzer habend,
Genießen still den freien Abend.

Der Kunstfreund

Ein Mensch – kein Unmensch, Gott bewahre! –
Rauft sich vor Kummer schier die Haare,
Wenn er bedenkt, daß – nicht zu fassen! –
Van Gogh man hat verhungern lassen,
Daß Sisley – schrecklicher Gedanken! –
Ein Bild hergab für zwanzig Franken,
Daß viele arm, verkannt gestorben,
Jetzt hochbezahlt und heiß umworben.
Der Mensch hätt damals wollen leben,
Begeistert alles hinzugeben.
Hingegen den versoffnen Lumpen,
Der jüngst gewagt, ihn anzupumpen,
Den Schmierer unterstützen? Nein!
So blöd wird er ja doch nicht sein!

*

Ein Mensch läg gerne schon im Bett,
doch endlich zirpt noch ein Quartett.
Der Mensch, der nichts davon versteht,
harrt stumm, daß es zuende geht.

Die Kunstreise

Ein Mensch von Bildungsdrang und Geist
Ist weit in eine Stadt gereist,
Um dort die für ihn äußerst wichtigen
Kunstschätze gründlich zu besichtigen.
Den Dom, den man bewundern müßte,
Verstellt ein mächtiges Gerüste,
Am Rathaus mauern sie und tünchen,
Der Holbein ist verliehn nach München,
Zwecks Renovierung ist entfernt
Der Pacher, Baedeker-besternt.
Noch läßt sich auf Museen hoffen:
Nur mittwochs, drei bis vier Uhr offen!
Zutritt nur auf Bescheinigung!
Geschlossen wegen Reinigung!
Vorübergehend Neuaufstellung! –
Der Mensch, nun schon in Tobsuchtsquellung,
Vergebens plärrt, an Glocken zerrt –
Die ganze Kunst ist zugesperrt!
Ha! Denkt der Mensch, mit Groll im Busen,
Es gibt ja auch noch andre Musen!
Doch leider, Polyhymnia
Ist grad in Ferien und nicht da.
Melpomene und Thalia heute
Nur spielen für Gefolgschaftsleute.
Terpsichore ist ausverkauft . . .
Der Mensch setzt stumm sich hin und sauft.

Eugen Roth

für Vorsichtige und Unvorsichtige

Aussichten

Ein Mensch, erfüllt von fortschrittsblanken,
Stromlinienförmigen Gedanken
Durcheilte froh die Zeit und fand
Nicht den geringsten Widerstand.
Er lebte gut und lebte gern,
Denn er war durch und durch modern.
Sein Sohn ist, lebend gegenwärtig,
Bereits so gut wie büchsenfertig.
Sein Enkel, wenn er sich dran hält,
Kommt schon in Weißblech auf die Welt.

Schicksal

Ein Mensch, aus Angst, er könnt den Schrecken,
Den Drachen, aus dem Schlafe wecken,
Den Lebensatem schier verhält:
Auf Zehen schleicht er durch die Welt.
Nur einmal er daneben tappt:
Schon hat das Scheusal ihn geschnappt.
Ein Unmensch trampelt dreist und dumm
Dem Schicksal auf dem Bauch herum:
Das rührt sich höchstens, um den Rachen
Einmal zum Gähnen aufzumachen,
Schläft weiter, schon vom Menschen satt,
Den's grade aufgefressen hat.
Der Unmensch treibt's noch Jahr um Jahr –
Ganz ohne Ahnung der Gefahr.

Vorsicht

Ein Mensch, der – weil er's längst erprobt –
Den Tag nie vor dem Abend lobt,
Lernt selbst am Abend noch zu zittern:
Denn oft kommt's auch zu Nachtgewittern.

Wissen ist Macht

Ein Mensch, der dummerweis gedacht,
*Mit*wissen erst sei wirklich Macht,
Hat zu beweisen nichts vermocht
Und wurde deshalb eingelocht.
Von Stund an nicht mehr klatschbeflissen,
Beschloß er, nie mehr was zu wissen.

Parabel

Ein Mensch, der sich für stark gehalten,
Versuchte, einen Klotz zu spalten.
Doch schwang vergebens er sein Beil:
Der Klotz war gröber als der Keil.
Ein zweiter sprach: Ich werd's schon kriegen!
Umsonst – der grobe Klotz blieb liegen.
Ein dritter kam nach Jahr und Tag
Dem glückt' es auf den ersten Schlag.
War der nun wirklich gar so forsch?
Nein – nur der Klotz ward seitdem morsch.

Ein Mensch, der was geschenkt kriegt, denke:
Nichts zahlt man teurer als Geschenke!

Der Sparsame

Ein Mensch, in langem Lebenslauf,
Hebt kurzweg alles, alles auf,
Was man vielleicht noch einmal braucht:
Zigarrenkisten, ausgeraucht,
So Wein- wie Apothekerflaschen,
So Packpapier wie Tragetaschen.
Auch hat er Schnüre aller Art
Erst aufgeknüpft, dann aufgespart,
Hat Korken, Klammern, Schrauben, Nägel,
Gehortet sich nach strenger Regel.
Ihn selber bringt es oft zum Rasen,
Wie alle mit Verpackung aasen;
Er freut sich schon des Augenblicks,
Wo, am berühmten Tage X,
Zusammenbricht das Wirtschaftswunder
Und Sachwert wird, was heute Plunder.
Er sieht im Geist schon das Gebettel
Um Gummischnürchen, leere Zettel,
Und wie er gnädig, fast ein Gott,
Mit Güte heimzahlt allen Spott.
Doch leider, eh er so umworben,
Ist unser guter Mensch gestorben,
Und herzlos werfen seine Erben
Das ganze Zeug zu Schutt und Scherben.

Der Hilfsbereite

Ein Mensch, auf seinem Weg, dem raschen,
Sieht auf der Fahrbahn eine Flaschen,
Die dort ein Unmensch unbekümmert
Hat liegenlassen, wüst zertrümmert.
Der Mensch, bedenkend, daß die Scherben
Leicht Radlern würden zum Verderben,
Will, Nächstenpflicht nicht zu versäumen,
Die Splitter still beiseite räumen.
Es war auch höchste Zeit zur Tat,
Denn siehe da, ein Radler naht
Und fährt, mißdeutend das Geschrei
Des guten Menschen, stramm vorbei.
Dem Schlauch entfährt mit Knall die Luft.
»Ha!« schreit der Radler, »wart, Du Schuft,
Du Idiot, Dich will ich heißen,
Glasscherben auf die Fahrbahn schmeißen!«
Und eh den Sachverhalt er zeigt,
Fühlt sich der Mensch schon ohrgefeigt.
Der Mensch, im weitern Lebenslauf,
Hob nie mehr fremde Scherben auf.

Die Verzögerungstaktik

Ein Mensch voll Lebensüberdruß
Sagt zu sich selbst: »Jetzt mach ich Schluß!«
Jedoch, er findet tausend Gründchen,
Zu warten noch ein Viertelstündchen.
Die Gründchen sammeln sich zum Grunde:
Er schiebt's hinaus noch eine Stunde.
Kann er noch sterben, wann er mag,
Hat's auch noch Zeit am nächsten Tag.
Zuletzt hat er sich fest versprochen,
Sich zu gedulden ein, zwei Wochen.
Und schau: Das Seelentief zog weiter –
Seit Jahren lebt er wieder heiter . . .

Verdienter Hereinfall

Ein Mensch kriegt einen Kitsch gezeigt.
Doch anstatt daß er eisig schweigt,
Lobt er das Ding, das höchstens nette,
Fast so, als ob er's gerne hätte.
Der Unmensch, kann er es so billig,
Zeigt unverhofft sich schenkungswillig
Und sagt, ihn freut's, daß an der Gabe
Der Mensch so sichtlich Freude habe.
Moral: Beim Lobe stets dran denken,
Man könnte dir dergleichen schenken!

Die Verzögerungstaktik

Fortschritte

Ein Mensch wünscht sich ganz unaussprechlich,
Daß Glück und Glas sei unzerbrechlich.
Die Wissenschaft vollbringt das leicht:
Beim Glas hat sie's schon fast erreicht.

Gewissenserforschung

Ein Mensch, statt daß er sich beklag
Darüber, daß kein Mensch ihn mag,
Prüf, als Gerechter, vorher sich:
»Genau genommen – wen mag ich?!«

Vorsicht!

Ein Mensch, bei Nacht und Nebel hätte
Geraucht gern eine Zigarette –
Doch es gelingt ihm nicht – verdammt! –
Daß er das Zündholz recht entflammt.
Fort wirft er's und fängt an zu fluchen:
»Der Teufel!« ruft er, »mag's versuchen!«
Flugs zeigt der Teufel seine Kunst:
Den Wald verschlingt die Feuersbrunst.

Vergebliche Mühe

Ein Mensch, der willens, lang zu leben,
Beschließt dem Tod zu widerstreben
Und a) durch strenges Selbstbelauern
Die Krisenzeit zu überdauern
Und b) zu hindern die Vermorschung
Durch wissenschaftlich ernste Forschung.
Zu letzterm Zwecke wird bezogen
Ein Horoskop beim Astrologen,
Um nicht bezüglich der Planeten
In eine falsche Bahn zu treten.
Ist so gebannt Saturnens Kraft,
Hilft weiterhin die Turnerschaft,
Die Rümpfe rollend, Kniee beugend,
Ganz zweifellos wirkt kräftezeugend.
Die Rohkost birgt das Vitamin;
Wein und Tabak, er gibt sie hin.
Auch gilt's den Vorrat an Hormonen
In reiferm Alter streng zu schonen.
So braut er sich den Lebenssaft
Aus ausgekochter Wissenschaft.
Ein Mensch, wie dieser, muß auf Erden
Unfehlbar hundertjährig werden.
Das Schicksal aber, das nicht muß,
Macht unversehens mit ihm Schluß.

Zur Warnung

Ein Mensch, zu kriegen einen Stempel,
Begibt sich zum Beamten-Tempel
Und stellt sich, vorerst noch mit kalter
Geduld zum Volke an den Schalter.
Jedoch, wir wissen: Hoff – und Harren,
Das machte manchen schon zum Narren.
Sankt Bürokratius, der Heilige,
Verachtet nichts so sehr wie Eilige.
Der Mensch, bald närrisch-ungeduldig
Vergißt die Ehrfurcht, die er schuldig,
Und, wähnend, daß er sich verteidigt,
Hat er beamten schon -beleidigt.
Er kriegt den Stempel erstens nicht,
Muß, zweitens, auf das Amtsgericht,
Muß trotz Entschuldigens und Bittens
Noch zehn Mark Strafe zahlen, drittens,
Muß viertens, diesmal ohne Zorn,
Sich nochmal anstelln, ganz von vorn,
Darf, fünftens, keine Spur von Hohn
Raushörn aus des Beamten Ton
Und darf sich auch nicht wundern, sechstens,
Wenn er kriegt Scherereien, nächstens.
Geduld hat also keinen Sinn,
Wenn sie uns abreißt, mittendrin.

Eugen Roth

für Hoffnungsvolle

Das Schnitzel

Ein Mensch, der sich ein Schnitzel briet,
Bemerkte, daß ihm das mißriet.
Jedoch, da er es selbst gebraten,
Tut er, als wär es ihm geraten,
Und, um sich nicht zu strafen Lügen,
Ißt er's mit herzlichem Vergnügen.

Das Bessere

Ein Mensch denkt logisch, Schritt für Schritt.
Jedoch, er kommt nicht weit damit.
Ein andrer Mensch ist besser dran:
Er fängt ganz schlicht zu glauben an.
Im Staube bleibt Verstand oft liegen –
Der Glaube aber kann auch fliegen!

Lebenskunst

Ein Mensch bewahrt, obwohl gescheit,
Sich seine Seelen-Dunkelheit.
Strömt dann das Gnadenlicht herein,
So gibt es doppelt hellen Schein:
Ein hohes Glück, das nie erfährt
Ein Unmensch, längst schon aufgeklärt.

Metaphysisches

Ein Mensch erträumt, was er wohl täte,
Wenn wieder er die Welt beträte.
Dürft er zum zweiten Male leben,
Wie wollt er nach dem Guten streben
Und streng vermeiden alles Schlimme!
Da ruft ihm zu die innre Stimme:
»Hör auf mit solchem Blödsinn, ja?!
Du bist zum zwölften Mal schon da!«

Der Freigeist

Ein Mensch warf Gott zum alten Eisen,
Um sich als Freigeist zu erweisen.
Ein Unmensch aber, aus dem Schrott,
Zog den verworfnen lieben Gott
Und machte daraus tausend Gottchen,
Im Auto baumelnd als Maskottchen.
Der Mensch vertraut auf dies nun frech,
Daß *ihn* es schütze – und sein Blech.

Metaphysisches

Zwischen den Zeiten

Ein Mensch lebt noch mit letzter List
In einer Welt, die nicht mehr ist.
Ein andrer, grad so unbeirrt,
Lebt schon in einer, die erst wird.

Kleine Ursachen

Ein Mensch – und das geschieht nicht oft –
Bekommt Besuch, ganz unverhofft,
Von einem jungen Frauenzimmer,
Das grad, aus was für Gründen immer –
Vielleicht aus ziemlich hintergründigen –
Bereit ist, diese Nacht zu sündigen.
Der Mensch müßt nur die Arme breiten,
Dann würde sie in diese gleiten.
Der Mensch jedoch den Mut verliert,
Denn leider ist er unrasiert.
Ein Mann mit schlechtgeschabtem Kinn
Verfehlt der Stunde Glücksgewinn,
Und wird er schließlich doch noch zärtlich,
Wird er's zu spät und auch zu bärtlich.
Infolge schwacher Reizentfaltung
Gewinnt die Dame wieder Haltung
Und läßt den Menschen, rauh von Stoppeln,
Vergeblich seine Müh verdoppeln.
Des Menschen Kinn ist seitdem glatt –
Doch findet kein Besuch mehr statt.

Lauter Täuschungen

Ein Mensch, noch Neuling auf der Welt,
Das Leben für recht einfach hält.
Dann, schon erfahren, klug er spricht:
So einfach ist die Sache nicht!
Zum Schlusse sieht er wieder klar,
Wie einfach es im Grunde war.

Hoffnung

Ein Mensch, am Ende seines Lebens,
Sieht ein, daß der Erfolg des Strebens
Nur dürftig war, an dem gemessen,
Was er versoffen und verfressen.
Sein Wert als Raupe war gering:
Jetzt hofft er auf den Schmetterling!

Lieblos

Ein Mensch erblickt, auf magrer Erde
Ein Kraut, sich mühend, daß es werde.
Er hofft, es werd vielleicht einst blühn –
Auf jeden Fall ist es schon grün.
Ein Unmensch kommt und reißt es aus:
Es wird ja doch nur Unkraut draus!

Der Waldgänger

Ein Mensch im Wald ging für sich hin
Und nichts zu suchen, war sein Sinn.
Doch welch ein Glück! Ein Steinpilz stand,
Ein Prachtstück, dicht am Wegesrand.
Der Mensch, nun schon voll Sucherdrang,
Trug ihn in Händen, stundenlang. –
Dann endlich sah er seufzend ein,
Wie wertlos solch ein Pilz allein.
Er warf ihn fort, ging unfroh weiter:
Da stand, nicht ganz so schön, ein zweiter.
Der Mensch, vom ersten Fall gewitzt,
Daß man mit *einem* – nichts besitzt,
Verzichtete und ließ ihn stehen,
Zumal's schon Zeit war, heimzugehen.
Doch tretend aus des Waldes Mitten,
Sah unverhofft er einen dritten:
Den pflückte er, mit wildem Eifer. –
Doch wie er auch, als Forstdurchstreifer,
Jetzt schwitzend durch das Dickicht hetzte,
Der dritte, kleinste, blieb der letzte.
Den hat er müde, in der Nacht,
Von seinem Waldgang heimgebracht.
Um die Moral nicht zu versäumen:
Glück in zu weiten Zwischenräumen –
Und schiene es auch einzeln groß –
Beunruhigt unsre Seele bloß ...

Leider

Ein Mensch sieht schon seit Jahren klar:
Die Lage ist ganz unhaltbar.
Allein – am längsten, leider, hält
Das Unhaltbare auf der Welt.

Einsicht

Ein Mensch, der selbstverständlich hofft,
Das Glück käm einmal noch und oft,
Weiß nie – denn wer kann Zukunft lesen? –,
Ob's nicht zum letztenmal gewesen.
Wohl wird – was einzusehen peinlich –
Verschiedenes recht unwahrscheinlich:
Sieh an: das letzte Weiberglück
Liegt dreißig Jahre schon zurück.
Auch vom Gesang ist nichts zu hoffen. –
Der Wein – die Frage bleibt noch offen,
Schon bei der nächsten der Visiten
Kann ihn der Doktor streng verbieten.
Der Mensch glaubt gerne, Rom, Athen
Könnt jeden Tag er wiedersehn.
Doch steht schon fest im Lebensbuch:
Rom – im Jahr fünfzig: Letztbesuch.
Wär's nicht gelacht, daß kleinste Dinge
Der Alltag freundlich wiederbringe?
Der Mensch, zum Glück bedenkt er's nicht, –
Aß längst zuletzt sein Leibgericht.
Eh die Zigarrenkiste leer,
Ist er schon fort – und raucht nicht mehr:
Das Brünnlein noch ein Weilchen geht:
Der Haupthahn ist schon abgedreht.